夜間限定貓熊秀

文・大塚健太　圖・日下美奈子　譯・劉握瑜

這個動物園的明星動物是貓熊，
雖然動物園晚上也有營業，
但是跟白天比起來，
晚上幾乎沒有遊客。

「晚上都沒什麼人啊……」
正當河馬太郎在水池裡漂來漂去，
保育員突然跑進來。
「我想到一個好主意啦！」

「河馬太郎，
你可不可以在晚上的時候假扮成貓熊？」
「什麼？你要我扮成貓熊？」
「貓熊那傢伙，一到晚上就倒頭大睡，動也不動。
所以拜託你，晚上就好，幫忙扮成貓熊吧。」
「哎喲，我不行啦。」

「來ㄌㄞˊ！你ㄋㄧˇ穿ㄔㄨㄢ上ㄕㄤˋ這ㄓㄜˋ套ㄊㄠˋ貓ㄇㄠ熊ㄒㄩㄥˊ裝ㄓㄨㄤ！」
「什ㄕㄣˊ麼ㄇㄜ？！要ㄧㄠˋ穿ㄔㄨㄢ這ㄓㄜˋ個ㄍㄜˋ？」

我ㄨˇ穿ㄔㄨㄢ得ㄉㄜ下ㄒㄧㄚˋ嗎ㄇㄚˊ……
嘿ㄏㄟ咻ㄒㄧㄡ，嘿ㄏㄟ咻ㄒㄧㄡ……

啊ㄚ……
這ㄓㄜ衣ㄧ服ㄈㄨ
真ㄓㄣ的ㄉㄜ好ㄏㄠ緊ㄐㄧㄣ喔ㄛ！

探頭～～～

好不容易套上貓熊裝，
河馬太郎從樹影下探出頭。

「啊ㄚ啊ㄚ啊ㄚ！有ㄧㄡ鬼ㄍㄨㄟ啊ㄚ！」

經ㄐㄧㄥ過ㄍㄨㄛ這ㄓㄜ裡ㄌㄧ的ㄉㄜ遊ㄧㄡ客ㄎㄜ，看ㄎㄢ到ㄉㄠ河ㄏㄜ馬ㄇㄚ太ㄊㄞ郎ㄌㄤ的ㄉㄜ身ㄕㄣ影ㄧㄥ，嚇ㄒㄧㄚ得ㄉㄜ拔ㄅㄚ腿ㄊㄨㄟ就ㄐㄧㄡ跑ㄆㄠ。

「聽說那裡有鬼！」
「聽說長得像貓熊，
但又不是貓熊。」
「好可怕喔，可是又好想看。」

鬧鬼的消息很快就傳開來，
為了親眼看看這個鬼，
大批遊客湧了過來，
保育員高興極了。
「想看貓熊鬼的遊客，請往這邊走！」

悄悄的……

喵……

「出現啦！」
「真的是貓熊鬼耶！」
大家既害怕又開心。
原本感到害羞的河馬太郎，
發現自己成了大家的焦點後，
也慢慢的開心起來。

「好，這次我要從樹上跑出來！」
河馬太郎開始往上爬，
就在這個時候──

從來沒有爬過樹的河馬太郎，
一個腳滑，

撲通，跌進水池裡！

「啊──！」

「貓熊鬼掉下來了嗎？！」

「怎麼可能！」

「可是，只有臉浮上來耶！」

大家話才說完……

「什ㄕㄣˊ麼ㄇㄜ˙啊ㄚ！！」
「難ㄋㄢˊ道ㄉㄠˋ，貓ㄇㄠ熊ㄒㄩㄥˊ鬼ㄍㄨㄟˇ是ㄕˋ……」
「河ㄏㄜˊ馬ㄇㄚˇ嗎ㄇㄚ˙？！」
遊ㄧㄡˊ客ㄎㄜˋ覺ㄐㄩㄝˊ得ㄉㄜˊ太ㄊㄞˋ有ㄧㄡˇ趣ㄑㄩˋ，全ㄑㄩㄢˊ都ㄉㄡ哈ㄏㄚ哈ㄏㄚˊ大ㄉㄚˋ笑ㄒㄧㄠˋ起ㄑㄧˇ來ㄌㄞˊ。

河馬太郎變成了大明星，
也因為這樣，
原本在睡夢中的動物們
都醒了過來，
熱烈的討論著。

「好好喔，好好喔！」
「為什麼只有河馬太郎可以，
太狡猾、太狡猾了！」
「貓熊裝也借我穿一下嘛。」
「我也想穿穿看！」

保育員拿大家沒辦法，
只好讓動物們
都穿上貓熊裝。

「怎麼樣？很適合我吧！」
動物們排隊試穿貓熊裝，
大家看起來
都有模有樣。

動物們自己也非常滿意。

對了，
我們就按照順序
穿上貓熊裝，
每天晚上輪流做
「夜間限定貓熊」吧！

現ㄒㄧㄢˋ在ㄗㄞˋ，動ㄉㄨㄥˋ物ㄨˋ園ㄩㄢˊ裡ㄌㄧˇ
白ㄅㄞˊ天ㄊㄧㄢ最ㄗㄨㄟˋ受ㄕㄡˋ歡ㄏㄨㄢ迎ㄧㄥˊ的ㄉㄜ是ㄕˋ貓ㄇㄠ熊ㄒㄩㄥˊ本ㄅㄣˇ尊ㄗㄨㄣ。

晚ㄨㄢˇ上ㄕㄤˋ最ㄗㄨㄟˋ受ㄕㄡˋ歡ㄏㄨㄢ迎ㄧㄥˊ的ㄉㄜ˙則ㄗㄜˊ是ㄕˋ「夜ㄧㄝˋ間ㄐㄧㄢ限ㄒㄧㄢˋ定ㄉㄧㄥˋ貓ㄇㄠ熊ㄒㄩㄥˊ」。

「太棒了，有了這些，
大家都能一起當貓熊啦！」

文｜大塚健太

生於日本埼玉縣，除了創作繪本與紙芝居故事，也會寫劇本。並以《一日貓熊》入選第十四屆 PinPoint 繪本大賽。個人網站：http://otsukakenta.com

圖｜日下美奈子

生於日本宮城縣，畢業於上智大學英文系。有多本繪本作品。喜歡貓咪和旅行，有時也會舉辦兒童工作坊等活動。個人網站：http://kusakaminako.com

繪本 0269

貓熊值日生 夜間限定貓熊秀

作者｜大塚健太
繪者｜日下美奈子
譯者｜劉握瑜

責任編輯｜李寧紜
美術設計｜王瑋薇
行銷企劃｜劉盈萱

發行人｜殷允芃
創辦人兼執行長｜何琦瑜
副總經理｜林彥傑
總監｜黃雅妮
版權專員｜何晨瑋、黃微真

出版者｜親子天下股份有限公司
地址｜臺北市 104 建國北路一段 96 號 4 樓
電話｜（02）2509-2800
傳真｜（02）2509-2462
網址｜www.parenting.com.tw
讀者服務專線｜（02）2662-0332　週一～週五：09:00~17:30
傳真｜（02）2662-6048　客服信箱｜bill@cw.com.tw
法律顧問｜台英國際商務法律事務所‧羅明通律師
總經銷｜大和圖書有限公司　電話｜（02）8990-2588

出版日期｜2021 年 4 月第一版第一次印行

定價｜300 元
書號｜BKKP0269P
ISBN｜978-957-503-945-5（精裝）

訂購服務
親子天下 Shopping｜shopping.parenting.com.tw
海外‧大量訂購｜parenting@cw.com.tw
書香花園｜台北市建國北路二段 6 巷 11 號　電話｜（02）2506-1635
劃撥帳號｜50331356　親子天下股份有限公司

國家圖書館出版品預行編目資料

夜間限定貓熊秀／大塚健太 文；日下美奈子 圖；
劉握瑜 譯. -- 第一版. -- 臺北市：親子天下股份有限公司,
2021.04
面；公分. --（貓熊值日生）（繪本；269）
注音版
ISBN 978-957-503-945-5（精裝）
861.599　　　　　　　　　　　　　110001691

YORUDAKE PANDA
Text by Kenta OTSUKA
Illustration by Minako KUSAKA
© 2016 Kenta OTSUKA, Minako KUSAKA
All rights reserved.
Original Japanese edition published by SHOGAKUKAN.
Traditional Chinese (in complex characters) translation rights
arranged with SHOGAKUKAN, through Bardon-Chinese Media
Agency.
裝丁 Takahashi Design Room

立即購買 >